Ksenia Bönig

DAS GROSSE BUCH DER ORGEL

Herausgegeben vom
Bund Deutscher Orgelbaumeister (BDO)

Die Orgel ist die Königin der Instrumente, aber nicht nur, weil sie von allen Instrumenten das größte ist und sehr laut spielen kann. Eine Orgel hat noch vieles mehr, mit dem sie beeindrucken kann.

Es gibt kein anderes Musikinstrument in der Welt, das so ein prachtvolles Aussehen hat wie die Orgel.

Wenn die Orgel gespielt wird, kann sie so viele verschiedene Klangfarben erzeugen, dass man sagt, sie ersetze ein ganzes Orchester.

Anders als die meisten Musikinstrumente wird die „Königin“ nicht zum Konzert mitgebracht, sondern sie steht stolz in ihrer „Residenz“ und wartet, bis ein Organist zu ihr zur Audienz kommt. Und das ist noch nicht alles!

Es gibt keine zwei gleichen Orgeln in der Welt. Wie bei den Menschen ist jede Orgel einzigartig, hat ein eigenes Gesicht, eine eigene Stimme und sogar einen eigenen Charakter.

Man kann die Orgel an vielen Orten finden. Es gibt Kirchenorgeln, Konzertsaalorgeln, Hausorgeln, Kinoorgeln und sogar Freiluftorgeln.

Eine Orgel kann so groß wie ein Haus sein, mit mehreren Stockwerken, Treppen und vielen Gängen, die durch die ganze Orgel führen. Aber auch so klein wie eine Kommode, so dass man sie leicht überall mitnehmen kann.

Orgeln können fest auf dem Boden stehen, sich auf einer Tribüne erheben oder unter der Decke frei im Raum „schweben".

Was man von der Orgel sieht, ist nur die Fassade, die man „Orgelprospekt“ nennt. Er kann sehr prachtvoll mit Gold, Schmuck und beweglichen Figuren dekoriert sein, kann aber auch ganz schlicht und zurückhaltend erscheinen. Manche moderne Orgeln haben eine sehr ungewöhnliche, sogar verrückte Form, und manche werden fast zur Skulptur, wenn sie zum Beispiel wie eine Hand oder wie ein Gingkoblatt aussehen. Und manche Orgeln haben gar keinen Prospekt, so dass man direkt in sie hinein sehen kann.

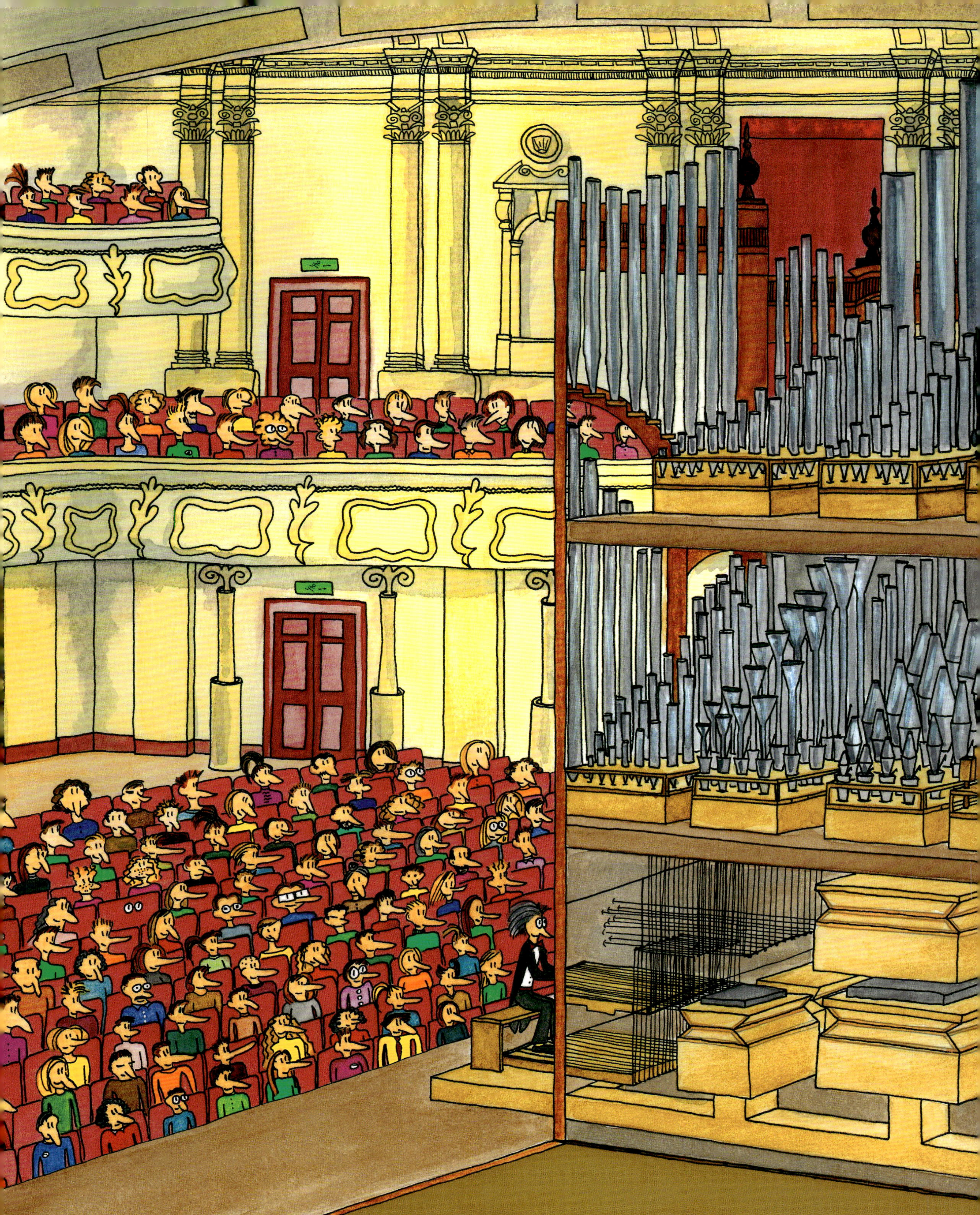

Obwohl die Orgeln alle so unterschiedlich aussehen, haben sie doch alle immer drei Dinge gemeinsam: Zuerst die Pfeifen. Dann eine Anlage, die die Luft in die Pfeifen blasen wird. Und dann den Platz für den Organisten, von wo aus er alles steuern kann.

Die Pfeifen sind die Stimmen der Orgel. Sie werden aus verschiedenen Materialien gemacht. Man kann auf der Welt ganz spezielle Orgelpfeifen finden, zum Beispiel aus Bambus, Elfenbein, Porzellan oder sogar Papier. Üblicherweise verwendet man aber Holz und Metall. Holzpfeifen klingen anders als Metallpfeifen – allgemein ein bisschen wärmer. Die Metallpfeifen haben oft einen schärferen und lauteren Klang.

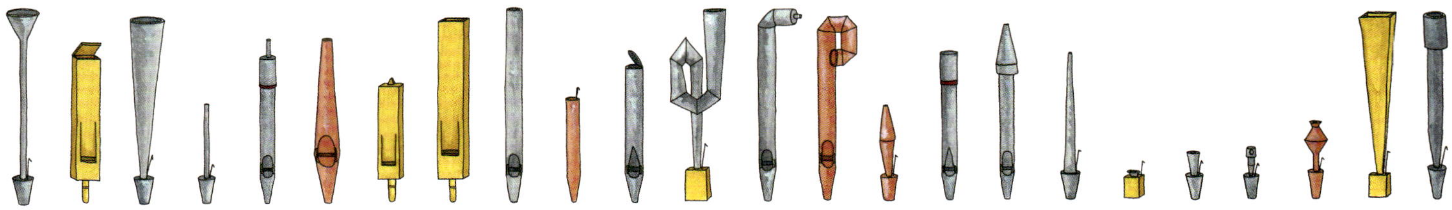

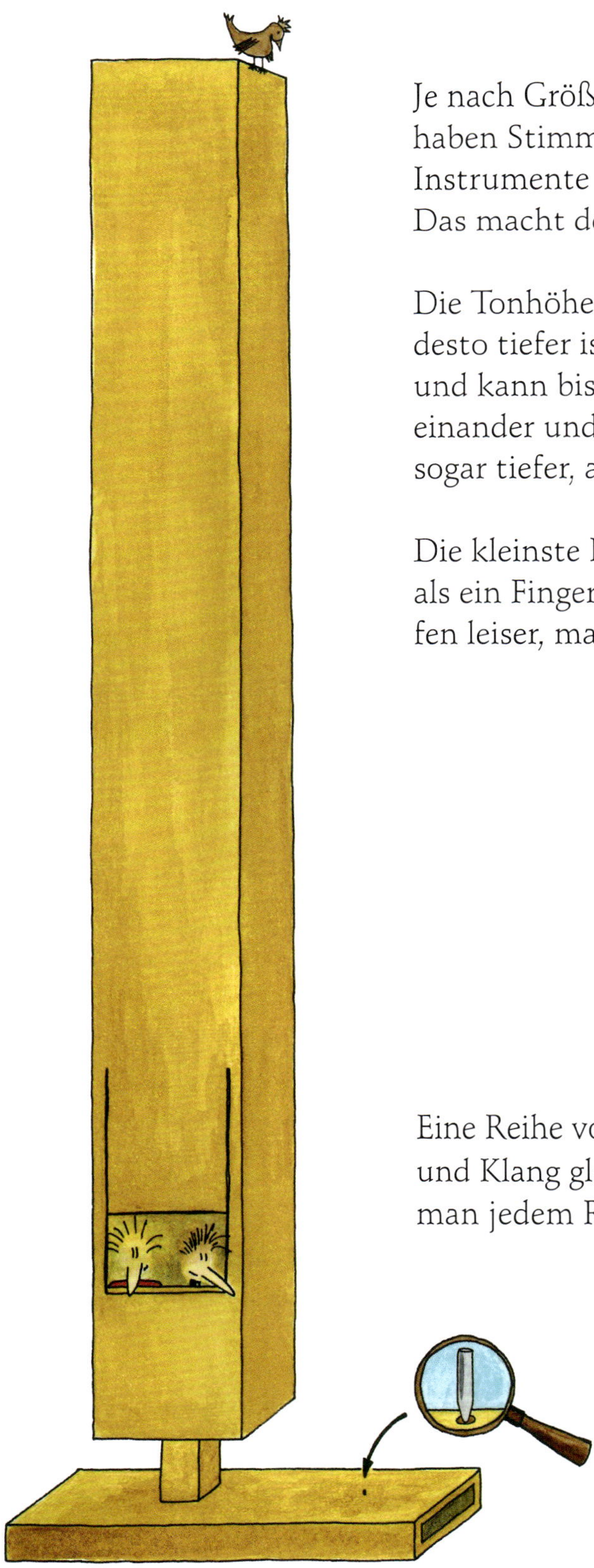

Je nach Größe, Form und Gewicht klingen Pfeifen unterschiedlich. Manche haben Stimmen, die nur für die Orgel typisch sind, manche können andere Instrumente imitieren, zum Beispiel Blockflöten, Fagotte oder Trompeten. Das macht den Orgelklang unendlich vielfältig.

Die Tonhöhe einer Pfeife hängt von ihrer Länge ab. Je länger eine Pfeife ist, desto tiefer ist ihr Ton. Die größte Pfeife in der Orgel ist meistens aus Holz und kann bis zu 12 Metern lang sein. Darin könnten zwei Menschen nebeneinander und sechs aufeinander stehen. So eine Pfeife klingt sehr sehr tief, sogar tiefer, als das menschliche Ohr hören kann.

Die kleinste Pfeife wird aus Metall gemacht und ist nur 6 mm lang – kleiner als ein Fingernagel. Sie klingt sehr hoch und im Vergleich mit anderen Pfeifen leiser, man kann sie aber trotzdem gut hören.

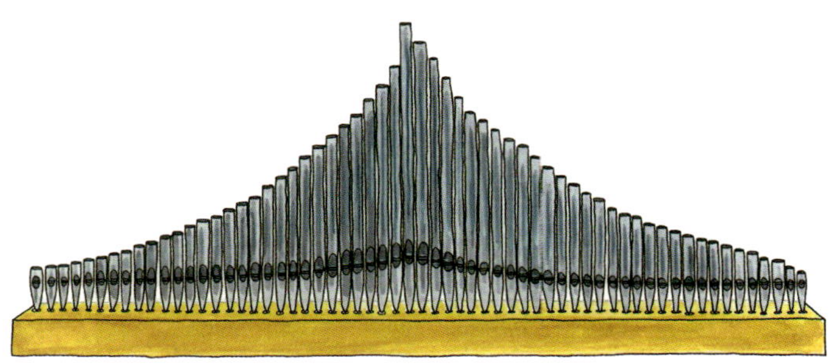

Eine Reihe von Pfeifen, die nebeneinander stehen, und deren Material, Form und Klang gleich sind, nennt man „Register“. Um sie zu unterscheiden, gibt man jedem Register einen eigenen Namen, der den Klang und die Länge der größten Pfeife beschreibt, so wie „Principal 16 Fuß“, „Oboe 4 Fuß“ oder „Mixtur“. Eine ganz kleine Orgel hat manchmal nur drei oder vier Register, eine große kann weit über 80 besitzen.

Die Pfeife klingt, wenn in sie Wind hineinströmt. Das ist so wie bei einer Flöte, in die man bläst. Wie kommt denn der Wind in die Orgelpfeife?

Auf der Seite 4 hast Du schon gesehen, wie der Organist bei einer ganz kleinen Orgel den Wind hineinpumpt, einfach mit einer Hand mittels eines Keilbalges. Das funktioniert so:

Beim Ausdehnen des Balgs wird durch ein Ventil Luft eingesaugt und beim Zusammendrücken durch die Öffnung in die Pfeifen geblasen.

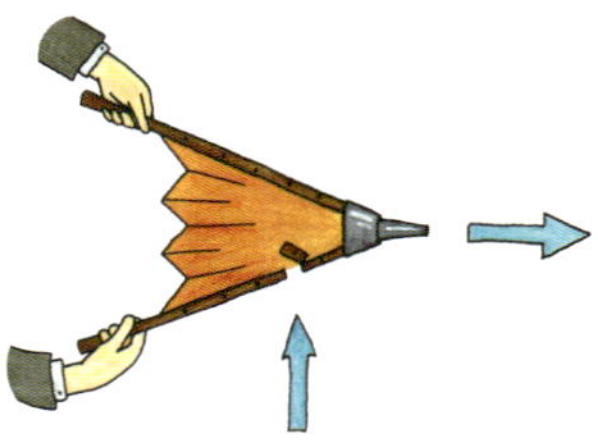

Für eine größere Orgel braucht man natürlich mehr Wind, deswegen werden auch deutlich größere Bälge benutzt, meistens mehrere, manchmal zwanzig und mehr. Die großen Bälge gehen aber so schwer, dass man sie mit den Füßen und dem ganzen Körpergewicht betätigen muss. Man stellt sich auf einen Tritt und fährt hinunter, wie auf einer Schaukel. So öffnet sich der Balg und wird mit Luft gefüllt. Danach schließt er sich wegen der Schwerkraft von selbst. Wenn der Balg zugeht, bläst er die Luft, die in ihm war, in die Windkanäle. Diese leiten sie zu den Pfeifen, und die Pfeifen können klingen. Das muss immer wiederholt werden, solange die Orgel gespielt wird. Und so haben alle Orgeln vor der Erfindung der Elektrizität funktioniert.

In den modernen Orgeln wird der Wind von einem starken Gebläse mit einem Motor erzeugt. Dank diesem Gebläse kann der Organist heute die Orgel ganz allein bedienen – er kann ja nicht gleichzeitig treten und spielen. Einen Balg zwischen dem Gebläse und den Pfeifen braucht man aber trotzdem, weil der Wind aus dem Motor nicht gleichmäßig fließt, sondern in Wellen wie beim Atmen. Der Balg gleicht den Windstrom aus und lässt die Pfeifen schön eben klingen. Die Bälge sind die Lungen der Orgel.

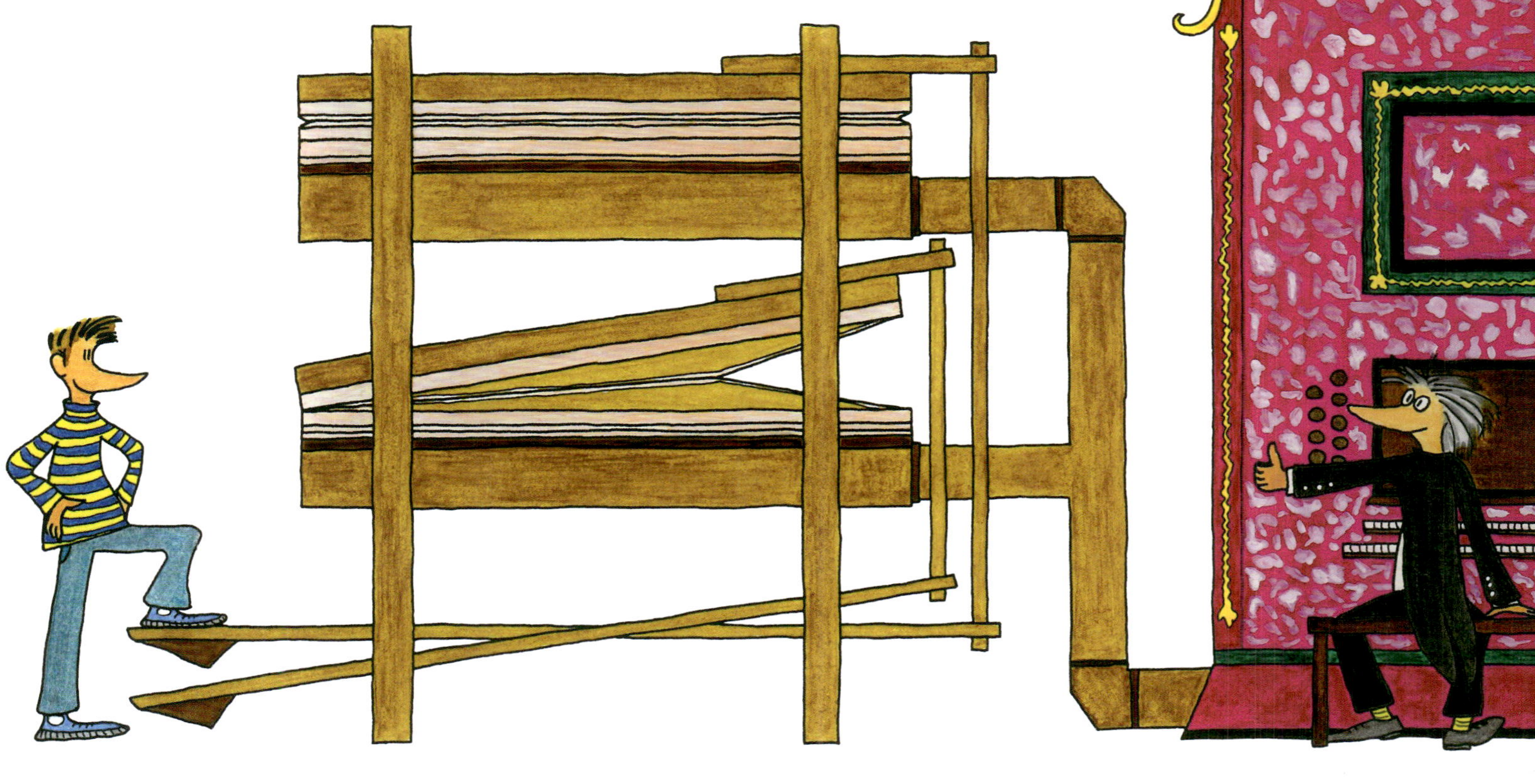

Jede Pfeife in der Orgel gehört zur einer Taste auf der Klaviatur. Es können auch mehrere Pfeifen zu einer Taste gehören. Weil die Orgel manchmal mehrere Tausend Pfeifen hat, braucht sie oft nicht nur eine, sondern mehrere Klaviaturen, die man auch „Manuale" nennt. Es kann bis zu sieben Manuale geben, was schon richtig schwer zu spielen wird, üblich sind deswegen zwei, drei oder vier. Jedes Manual hat heute normalerweise 56 bis 61 Tasten.

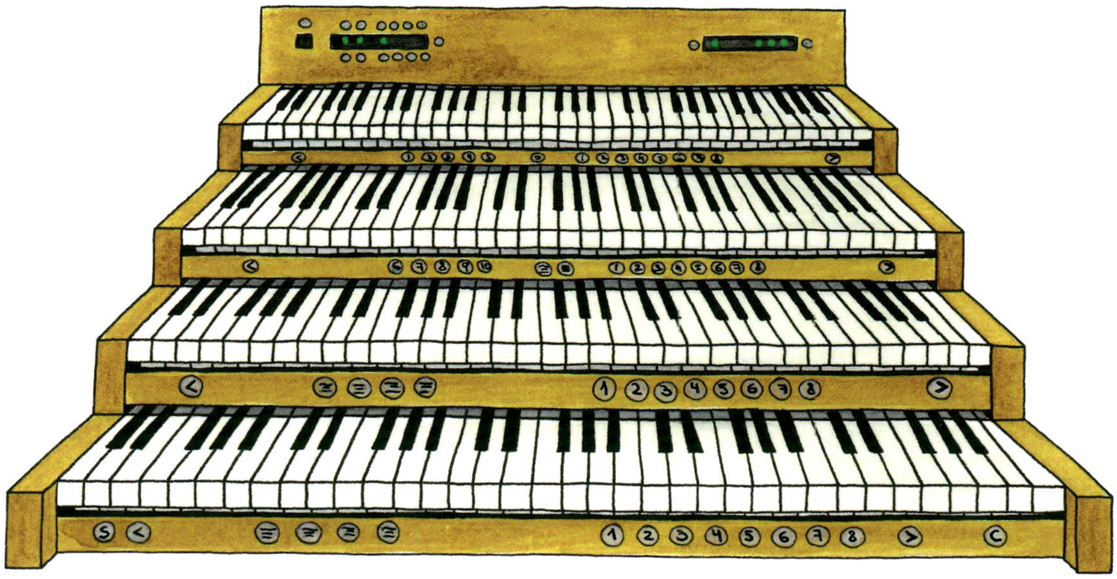

Außerdem spielt man die Orgel nicht nur mit den Händen, sondern auch mit den Füßen, auf dem sogenannten „Pedal". Da gibt es weitere 27 bis 32 Tasten.

Über den Pedaltasten sieht man noch mehrere auch mit den Füßen zu bedienende Tritte. Eine bestimmte Zahl von Pfeifen steht in einem geschlossenen Kasten mit Türen. Mit den Tritten kann der Organist diese Türen öffnen und schließen, wodurch die Pfeifen im Kasten lauter und leiser klingen. Doch kann die Orgel auch gar kein Pedal haben.

Also, der Organist spielt mit Händen und Füßen gleichzeitig. Das ist aber immer noch nicht alles. Abgesehen davon, dass er noch in die Noten schaut, muss er Register ein- und ausschalten. Das macht er mit den Registerzügen, die wie Knöpfe oder Schalter aussehen können. Zum Auswählen eines Registers zieht man den Knopf heraus oder drückt den entsprechenden Schalter. Man sagt, der Organist „zieht ein Register“. Schiebt man es zurück oder drückt noch einmal, klingt das Register nicht mehr.

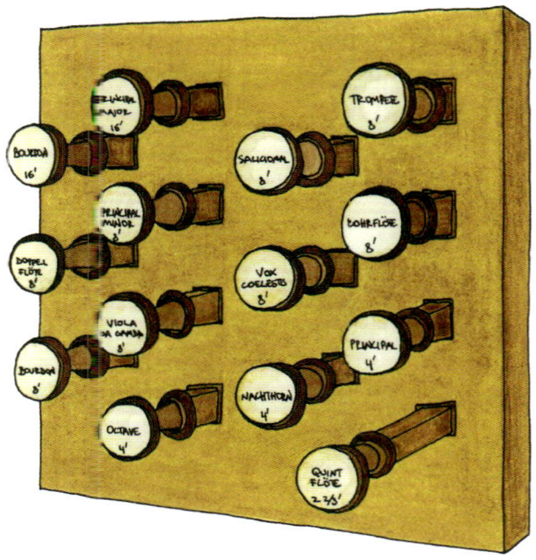

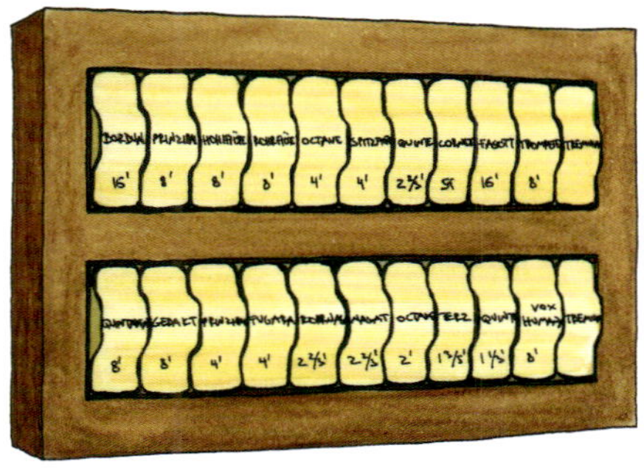

Alles zusammen, die Tastaturen, das Pedal, die Registerzüge und auch eine Bank zum Sitzen dazu nennt man „Spieltisch“ und das ist die Schaltzentrale der Orgel, ihr Kopf. Es ist offensichtlich: Um eine Orgel zu spielen braucht man eine gute Koordination, Konzentration und sehr viel Übung. Und auf der nächsten Seite siehst Du gleich, wie das ganze zusammen funktioniert.

1.

Wenn der Orgelmotor ausgeschaltet ist, kann man alles Mögliche machen und jede Taste drücken, es wird kein Ton aus der Orgel kommen. Die Pfeifen warten auf den Wind.

2.

Schaltet man die Orgel ein – springt der Gebläsemotor an und sofort werden alle Windkanäle mit Wind gefüllt. Die Windkanäle führen zu den „Windladen“, so etwas wie eine Holzkiste, worauf die Pfeifen stehen. Dort wird der Wind weiter zu den verschiedenen Pfeifen verteilt.

Jetzt ist die Orgel bereit zu klingen, man kann aber noch nichts hören. Weil es unter den Pfeifen, eben in der Windlade, einen doppelten Verschluss gibt.

3.

So wird der erste der beiden Verschlüsse geöffnet:
Drückt man eine Taste, zum Beispiel den Ton „A", wird eine Holzleiste, die „Abstrakte" heißt, nach unten gezogen.

Am Ende der Abstrakte ist ein Ventil befestigt. Dieses Ventil öffnet dem Wind den Weg in den Windkanal der Pfeifen mit dem Ton „A", und zwar von allen Pfeifen auf einer Windlade mit dem Ton „A".

Das Ventil schließt sich selbst, sobald die Taste nicht mehr gedrückt ist. Es kommt aber immer noch kein Ton heraus.

4.

Den zweiten Verschluss braucht man, damit nicht alle „A's" gleichzeitig klingen. Das ist die „Register-Schleife", die wie ein dünnes Brett mit Löchern aussieht und in der Windlade quer zum Tonkanal „A" liegt.

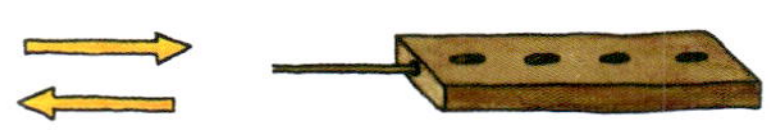

Zieht der Organist ein Register, verschiebt er die Register-Schleife. Trifft ein Loch die Pfeifenöffnung, kann der Wind endlich frei durchfließen und so erklingt nur eine ganz bestimmte Pfeife mit dem Ton „A".

Das heißt, um zu spielen muss der Organist die beiden Verschlüsse gleichzeitig öffnen. Zuerst ein oder mehrere Register ziehen und dann die Tasten drücken.
Mindestens ein Register ist während des Spielens immer gezogen, sonst erklingt kein Ton beim Drücken der Tasten.

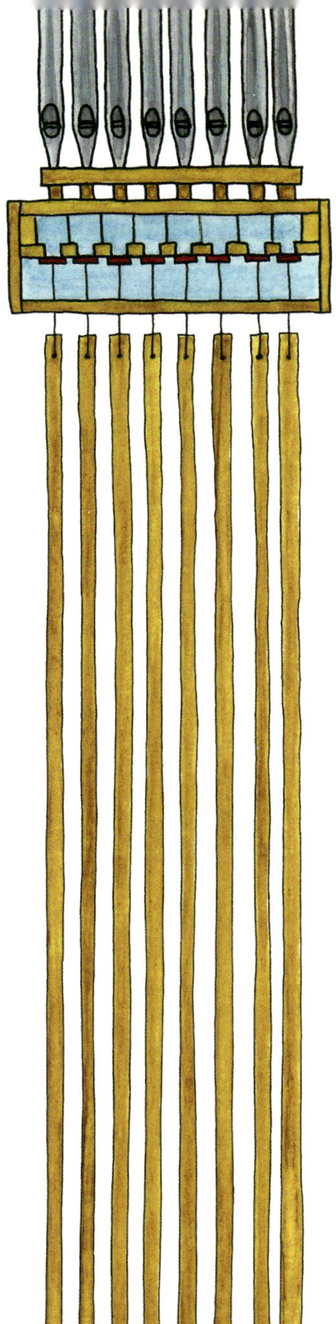

Die auf der vorherigen Seite nur ganz kurz erwähnten Abstrakten haben eine sehr wichtige Funktion in der Orgel. Sie sind ihre Muskeln, die die Orgelstimmen zum Klingen bringen.

Eine Abstrakte kann mehrere Meter lang sein und durch Verbindungen und Gelenke selbst die Pfeifen erreichen, die weit entfernt vom Spieltisch stehen.

Eine Abstrakte ist nur einen Millimeter dick und acht Millimeter breit. Sie sieht sehr zerbrechlich aus und ist tatsächlich sehr leicht kaputt zu machen. Trotzdem hat sie eine erstaunliche Belastbarkeit.

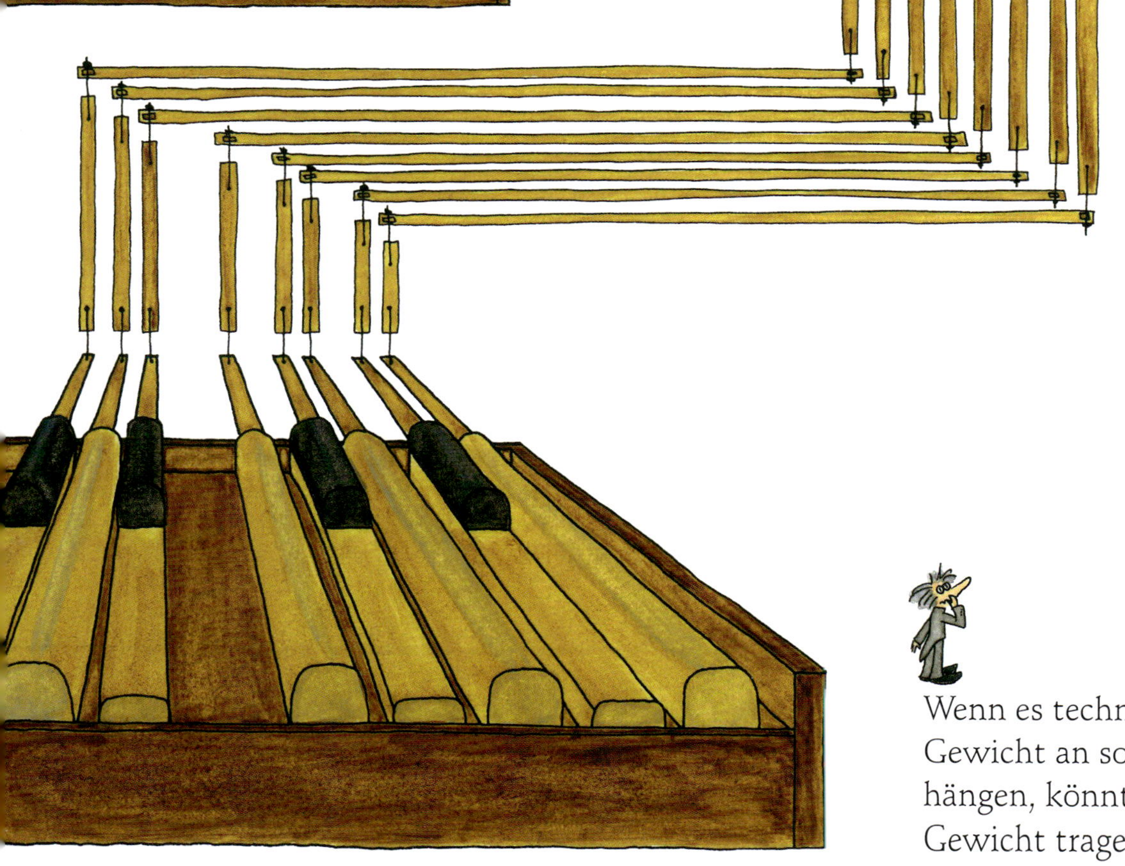

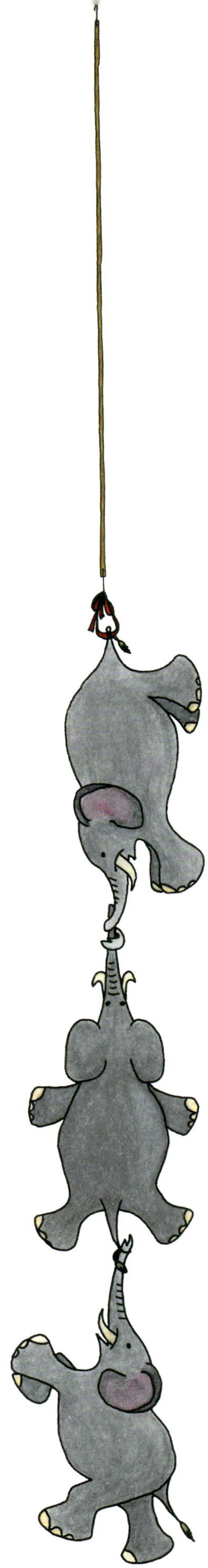

Wenn es technisch möglich wäre, ein großes Gewicht an so eine dünne leichte Leiste zu hängen, könnte sie mehr als drei Tonnen Gewicht tragen!

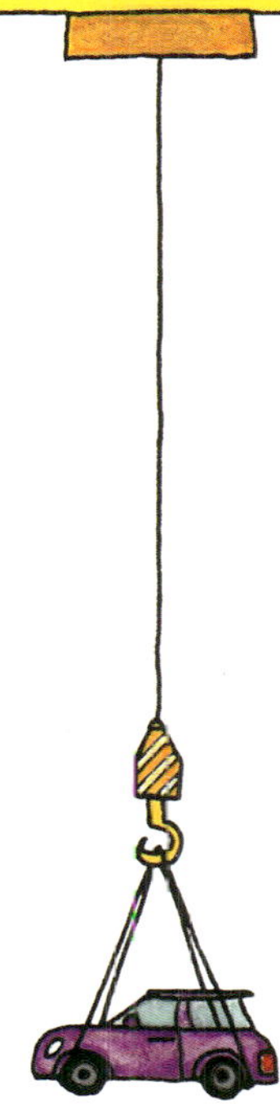

Wie Du schon gemerkt hast: eine Orgel ist ein komplizierter Mechanismus. Eine mittelgroße Orgel hat ungefähr 4000 Pfeifen. Die größte Orgel in Deutschland steht im Dom von Passau und hat 17000 Pfeifen, und die größte der Welt, die sich in Atlanta in den USA befindet, hat mehr als 33000 Pfeifen. Allerdings sagt allein die Menge der Pfeifen nichts über die Qualität der Orgel oder die Schönheit ihres Klanges aus.

Je mehr Pfeifen eine Orgel hat, desto mehr und größere Balganlagen braucht sie, um den Wind hinein zu blasen. Die Windladen, aber auch die ganze Orgelmechanik, die alle Orgelteile miteinander verbindet, darf man nicht vergessen. Und den starken Motor auch nicht. In modernen Orgeln gibt es auch viele elektronische Teile, sogar einen Computer. Das alles macht die Orgel ziemlich schwer. So eine große Orgel zum Beispiel, wie sie hier auf der Waage steht, wiegt fast 40 Tonnen. Das ist ungefähr so viel wie 40 Autos.

Kein anderes Instrument hat eine solche Größe und lässt sich doch von einem einzigen Menschen bedienen!

ORGELBA
RLAGER
PLANUNGSBÜRO
NWERKSTATT
HOLZPFEIFENWERKSTATT
SPIELTISCHWERKSTATT
MASCHINEN-SAAL
GIESSEREI

HOLZLAGER
LEDE
WINDLADE

Die Orgel wird nie an der Stelle gebaut, wo sie später stehen wird, sondern in einer Orgelbauwerkstatt. Das macht man, weil es ziemlich lange dauert, mehrere Jahre manchmal, und man viele verschiedene Maschinen und Geräte dafür braucht. Die Spezialisten, die das alles machen, nennt man übrigens Orgelbauer.

In einer Orgelbauwerkstatt gibt es unterschiedliche Abteilungen:

Im Holzlager liegen die geschnittenen Baumstämme. Die sind aus Fichte, Eiche, Buche, Birne und Birke. Sie brauchen bis zu zehn Jahren, bis sie trocken und gut genug für den Orgelbau sind. Viele sind über 200 Jahre alt, manche gar 400 Jahre alt.

Im Maschinen-Saal wird Holz bearbeitet – geschnitten, gehobelt, gefräst und für die weitere Bearbeitung vorbereitet.

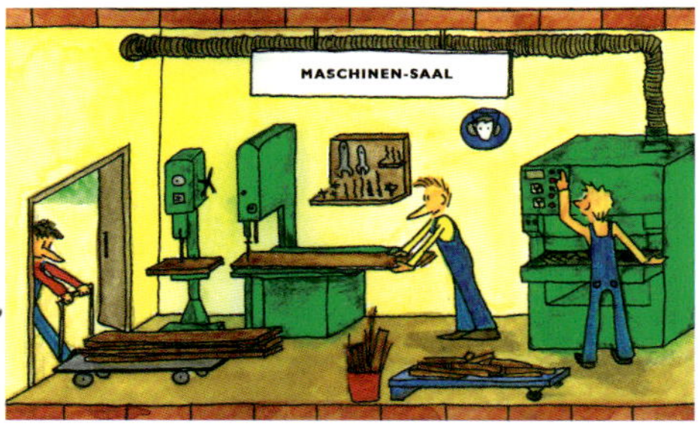

In der Gießerei werden in einem speziellen Ofen Metallbarren aus Zinn heiß und flüssig gemacht. Daraus werden große dünne Bleche gegossen, aus denen man später Pfeifen in allen Größen und Formen ausschneiden kann.

Das wird in der Metallpfeifen-werkstatt gemacht.

Holzpfeifen werden, logischerweise, in der Holzpfeifenwerkstatt angefertigt.

In der Windladenwerkstatt werden Windladen einer Orgel hergestellt.

Für die Spieltische gibt es eine Spieltischwerkstatt.

Den ganzen Weg bis zum Zielort muss die Orgel mit verschiedenen Verkehrsmitteln machen. Bei einer kürzeren Strecke kann man alles mit ein paar Lastwagen-Fahrten anliefern. Und wenn die Orgel irgendwo auf der anderen Hälfte der Erdkugeln gespielt werden soll, packt man alles in große Container und transportiert es mit Zügen, Flugzeugen oder Schiffen, manchmal sogar mit Hubschraubern dorthin.

1

Der Transport allein kann manchmal einen Monat lang dauern, von Deutschland bis zum Beispiel nach Australien sogar drei Monate.

2

Wenn alles endlich am Ort ist, wird es ausgepackt, sortiert und für den Zusammenbau vorbereitet.

5

Wenn das Gehäuse zusammengebaut ist, fängt die Installation des Innenlebens an. Die Bälge und die Windladen kommen hinein, die Windkanäle werden verlegt, mechanische Verbindungen aufgebaut und elektrische Teile angeschlossen.

6

Danach kommt die Aufstellung der Pfeifen. Da braucht man viel Geduld und Aufmerksamkeit, da jede von den mehreren Tausend ihren richtigen Platz finden muss.

Das äußere und innere Gerüst der Orgeln heißt „Gehäuse“. Es wird in der Gehäusewerkstatt gemacht. Die besonders aufwendig gestaltete Vorderseite, also den Orgelprospekt, fertigt man auch hier an.

Im Lederlager wird das Leder von Lämmern, Schafen oder Ziegen gelagert und bearbeitet. Es muss sehr weich, aber auch widerstandsfähig sein, weil man es für die Bälge braucht. Es darf auf keinen Fall reißen, wenn der Wind für die Pfeifen von innen drückt.

Im Planungsbüro sitzen Orgelbauer-Architekten und Orgelbauer-Ingenieure. Sie denken darüber nach, wie die neuen Orgeln aussehen und klingen sollen, oder wie man eine alte Orgel am besten restaurieren kann. Sie berechnen auch, wie viele Materialen für die verschiedenen Arbeiten benötigt werden.

Die Verwaltung ist für die Organisation und für den ganzen Arbeitsprozess verantwortlich. Ob genug Schrauben für die Werkstatt bestellt wurden oder ob alle Mitarbeiter mit ihrem Lohn zufrieden sind – um alle diese Dinge muss sich die Verwaltung täglich kümmern.

Im Montagesaal wird die Orgel zuerst komplett aufgebaut und dann nachgeprüft, ob alles gut funktioniert und schön klingt.

Und der Chef kontrolliert das alles. Klar!

CHEF
MONTAGESAAL
1 2 3 4 5 6 7
8 9 10 11 12 13 14
15 16 17 18 19 20 21
22 23 24 25 26 27
APRIL 28 29 30

Wenn die Orgel in der Werkstatt fertig ist, wird sie wieder komplett auseinandergebaut und für den Transport zu ihrem Bestimmungsort vorbereitet. Jede Pfeife wird markiert und einzeln in weiches Papier eingewickelt, alle Teile und Teilchen werden sorgfältig nummeriert und in Kisten verpackt, so dass nichts kaputt- oder verlorengeht und später seinen richtigen Ort in der Orgel findet.

UWERKSTATT
VERWALTUNG
GEHÄUSEWERKSTATT
METALLPFEIFENWERKSTATT

(3)

Eine Orgel wird wie ein Haus gebaut – von unten nach oben und von außen nach innen. Zuerst kommt das Fundament…

(4)

… und das Gerüst. Manchmal braucht man richtig komplizierte Konstruktionen, um sich einen Zugang in alle Ecken zu verschaffen.

(7)

Und dann fängt die wichtigste und komplizierteste Arbeit an. Das ist die Intonation, bei der alle Pfeifen einzeln auf den Raum eingestimmt werden müssen. Der Pfeifenmund wird etwas größer oder kleiner gemacht, irgendeine bestimmte Stelle an der Pfeife wird gebogen, oder vielleicht muss man die ganze Pfeife etwas kürzer machen. Eine ganz kleine Anpassung kann den Klang komplett verändern. Deswegen braucht ein Orgelbauer Geschick und ein sehr gutes Gehör.

(8)

Die ganze Intonation allein kann zwei bis drei Monate dauern. Zwischen den ersten Planungen am Anfang bis zu dem Moment, wenn die Orgel endlich fertig ist, liegen oft mehr als zwei Jahre intensiver Arbeit.

Die Orgel muss man gut pflegen und regelmäßig stimmen, da sie trotz ihres robusten Aussehens doch empfindlich ist und auf den Temperatur- und Feuchtigkeitswechsel reagiert. Richtige Königinnen sind eben so. Bei liebevoller Behandlung wird sie aber sehr dankbar sein und dem Organisten und den Hörern großzügig viel Freude schenken.

Wenn Du demnächst vielleicht einmal eine Orgel hörst, kannst Du Dir nun sicher viel besser vorstellen, was für ein prachtvolles, vielfältiges, aber auch kompliziertes Instrument sie ist.
Und findest Du nicht auch? Sie ist wirklich die Königin aller Instrumente!

Dieses Buch
wurde der Bücherei gestiftet
von
Michael Stumpf
Orgelbaumeister
Bad Kissingen

Herausgegeben vom Bund Deutscher Orgelbaumeister (BDO)
www.deutscher-orgelbau.de
info@deutscher-orgelbau.de

Text, Illustrationen und Layout von Ksenia Bönig

Druck und Bindung: Druckstudio GmbH, Düsseldorf
Printed in Germany

ISBN 978-3-00-034534-0